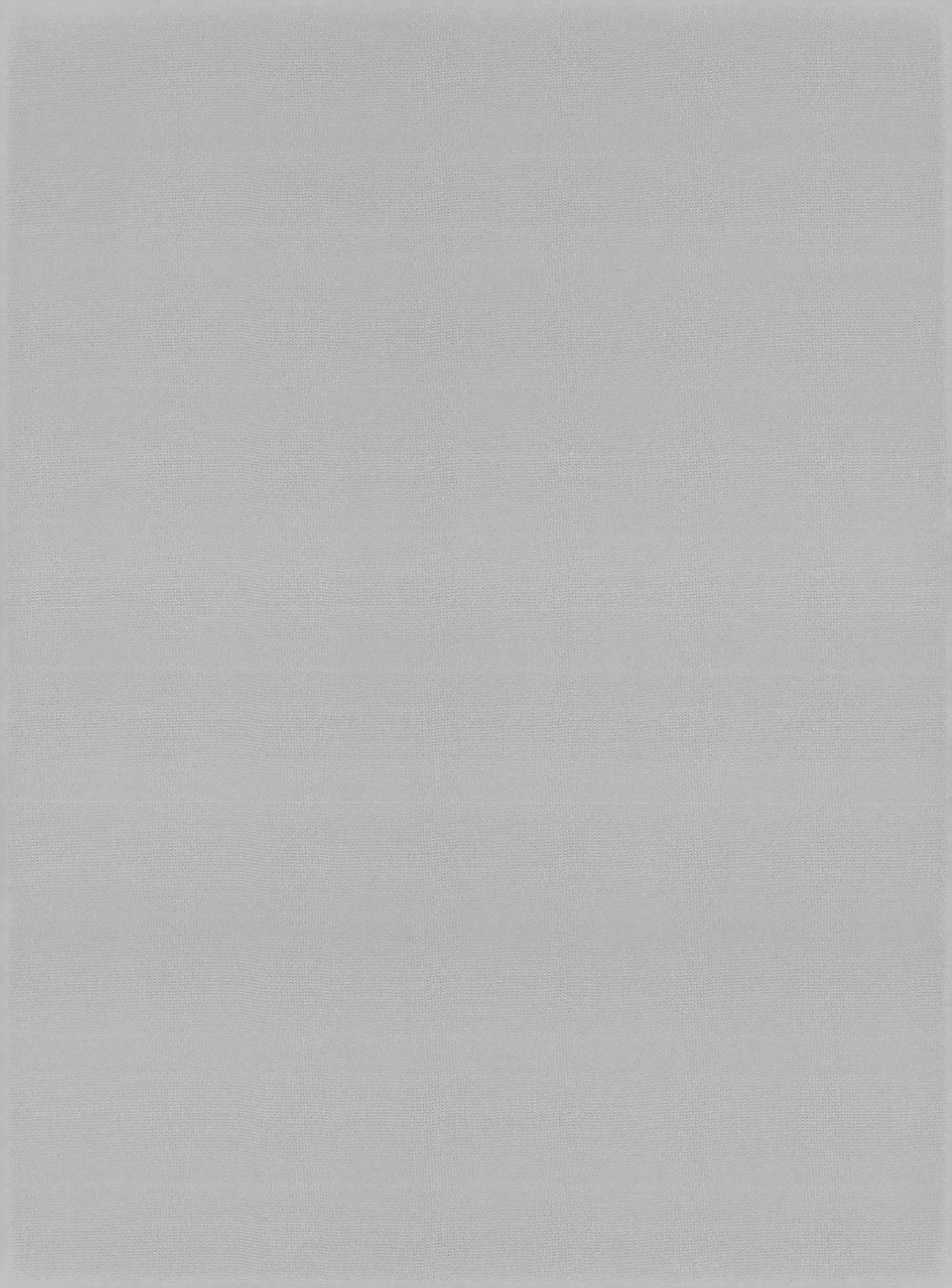

할아버지와
나는 일춘이래요

초등 교과 연계

통합(가을1) 〉 1학년 2학기 〉 1. 가을 날씨와 생활
                                      2. 추석
통합(가족) 〉 2학년 1학기 〉 1. 친척

할아버지와 나는 일촌이래요

초판 9쇄 펴낸날 2021년 11월 10일

글 한별이 그림 김창희
펴낸이 김도연 **펴낸곳** 키위북스 **편집장** 김태연 **마케팅** 김동호
주소 경기도 고양시 일산동구 중앙로 1079, 522호
전화 031)976-8235 **팩스** 0505)976-8234
전자우편 kiwibooks7@gmail.com
출판등록 2010년 2월 8일 제2010-000016호

Illustration copyright 김창희, 2010

ISBN 978-89-964831-0-6 14300
        978-89-964831-5-1 (세트)

할아버지와 나는 일촌이래요

글 한별이　그림 김창희

여러분도 혹시……

내가 어렸을 적엔 친척이 한데 모이는 일이 무척 잦았어요.
명절에는 물론이고, 결혼식, 회갑연 같은 집안 행사가 있는 날에는
모두 모여 기쁨과 즐거움을 함께 나누었지요.
그래서 친척의 호칭이나 촌수를 자연스럽게 알 수 있었어요.
하지만 지금은 그때와 많이 달라졌어요. 엄마, 아빠, 아이 중심의
핵가족 사회이다 보니 친척들끼리 만나는 기회가 점차 뜸해져 친척 간에
촌수나 호칭은 물론이고 얼굴조차 제대로 모르는 경우가 많아요.
여러분도 혹시 친척들이 누구인지 모르고 있나요?
그들을 어떻게 불러야 할지, 나와 얼마나 가까운 사이인지 모르고 있나요?
그렇다면 토니처럼 친척들이 한자리에 모였을 때 가계도를 그려 보세요.
나와 가족과 친척의 관계를 한눈에 보게 되면, '나'라는 존재가 하늘에서
뚝 떨어진 게 아니라 조상으로부터 대대로 내려왔고, 같은 피가 흐르는
친척들이 있으며, '내'가 어디에 위치해 있는지 알 수 있을 거예요.
또 이제껏 나와 엄마, 아빠뿐이라고 생각했던 가족이라는 범위를 더 크게
넓힐 수도 있을 거예요. 더불어 촌수와 호칭을 익혀 제대로 부르면
멀게 느껴졌던 친척 간의 정이 새록새록 솟아날 거예요.
친척 간의 정은 이 작은 예절을 지키는 데서부터
시작된답니다.

한별이

지금 만나러 가요

"승객 여러분, 우리 비행기는 방금 인천공항에 도착했습니다.
잊으신 물건이 없는지……."

실내등이 일제히 켜지며 경쾌한 음악과 함께 안내 방송이 나왔
어요. 곧 비행기가 덜컹하더니 땅에 내려앉았어요.

열일곱 시간 전, 우리 가족은 보스턴에서 한국으로 가는 비행
기를 탔어요. 할아버지가 생일을 맞이했기 때문이에요. 할아버지
는 올해 예순한 살이 되셨는데, 예순한 살 생일은 '환갑'이라고

부르는 특별한 생일이래요. 특별한 생일을 맞은 할아버지는 특별한 선물을 받고 싶다고 가족들에게 말하셨대요.

가족들은 특별한 선물이 무언지 궁금했지요. 그런데 할아버지가 원하는 특별한 선물이란 온 가족이 모두 한자리에 모여서 밥을 먹는 것이었어요. 난 할아버지가 바라는 선물이 좀 시시하다고 생각했어요. 고작 함께 밥 먹는 일이 특별한 선물이라니요? 하지만 할아버지 덕분에 한국으로 여행을 떠날 수 있게 돼서 무척 기쁘기도 했어요. 할아버지, 조금만 기다리세요. 지금 만나러 가요.

우리 가족을 소개합니다

내 이름은 안토니. 여덟 살이고, 미국 보스턴에 살아요. 우리 가족은 엄마, 아빠, 나, 이렇게 세 명이에요. 이름이나 사는 곳으로 보면 미국 사람이라고 생각할지도 모르지만 나는 한국 사람이에요. 아빠, 엄마가 미국에서 일을 하기 때문에 미국에서 살고, 미국에서 태어난 것뿐이지요.

아빠는 집이나 가게를 디자인하는 디자이너예요. 그리고 엄마는 한국 식당에서 일하는 요리사예요. 엄마, 아빠는 미국에서 공부하다 만났대요. 그래서 결혼을 해 부부가 되었고 내가 태어난 거예요. 엄마는 이따금씩 아빠와 얼마나 깊이 사랑해서 결혼하게 되었는지 이야기해요. 엄마와 아빠의 만남은 운명이었다고요. 조금 간지러울 때도 있지만 엄마, 아빠의 러브 스토리를 듣고 있으면 나까지 행복해지는 기분이 들어요.

그림 잘 그리는 아빠를 닮아서인지 나도 그림 그리기를 제일 좋
아해요. 그림 그리기 다음으로 좋아하는 것은 동물이고요. 그래
서 동물학자가 될지, 화가가 될지 고민이에요.

공항에 도착한 우리 가족은 다시 큰집으로 가는 버스를 탔어
요. 그리고 두 시간을 달려 마침내 큰집이 있는 마을에 도착했지
요. 큰집에 오는 데 꼬박 하루가 걸린 셈이에요.

치이익. 버스가 바람 빠지는 소리를 내며 문을 열었어요. 우리
가족은 버스에서 내렸어요. 큰집이 있는 모운마을은 '구름이 머

무는 마을'이라는 뜻이라고 아빠가 가르쳐 주었어요. 모운마을,
이름이 참 예쁘지요. 이름 때문인지 모운마을을 감싸고 있는 산
허리에는 뭉게구름이 낮게 걸려 있었어요.

"토니야, 여기가 아빠가 자란 곳이란다."

아빠가 눈을 감고는 숨을 한껏 들이마셨어요.

"어쩜 하나도 안 변했네요!"

손을 마주 잡은 엄마도 감동받은 듯했어요.

두 줄로 늘어선 소나무 사이에 마을로 향하는 길이 있었어요.
우리는 길을 따라 걸었어요. 몇 집을 지나자 양지 바른 곳에 아담
한 옛집이 모습을 드러냈어요.

"아버지, 어머니, 형님! 저희 왔습니다!"

아빠가 큰 소리로 외치자 현관문이 열리더니 한꺼번에 사람들이 몰려나왔어요.

"세상에! 이게 누구냐? 우리 둘째 아니냐!"

"어머니, 아버지, 안녕하셨어요?"

"그래그래, 오느라 고생 많았다."

"이게 얼마 만이냐."

할아버지, 할머니 그리고 다른 어른들의 인사말이 섞여 마당은 순식간에 왁자지껄해졌어요.

어른들은 덥석 껴안기도 하고, 손을 맞잡고 흔들기도 했어요.
할아버지는 "아이고, 귀여운 손자, 내 손자." 하며 나를 두 팔로
꼭 안고, 볼을 비비기도 했어요.
"이제야 우리 가족이 한자리에 다 모였구나."
할아버지가 함박웃음을 지으며 말했어요.

처음 만나는 작은 사회, 가족

가족은 혼인, 혈연 또는 입양의 관계로 맺어진 사람들이 같이 살면서 함께 생활하는 공동체예요. 더 넓고 큰 사회로 나아가기 전에 우리는 가족을 통해 많은 것을 배워요. 가족들이 하는 말이나 행동들을 배우기도 하고, 또 사회에서 살아가는 데 필요한 태도나 규칙, 예절 등을 배우지요.

우리는 살아가는 동안 하나 이상의 가족에 속하게 돼요. 부모에게 속해 있다가 결혼을 하거나 또는 혼자 독립해 살면서 새로운 가족을 이루기도 하지요. 가족들은 대개 함께 모여 살지만 항상 그런 것은 아니에요. 직장이나 공부 등의 사정 때문에 서로 오랫동안 떨어져 사는 경우도 있어요. 이렇게 떨어져 살아도 이들은 한 가족이며, 가족은 우리가 살아가는 데 있어서 매우 소중하고 든든한 울타리랍니다.

가족은 어떻게 만들어질까?

가족이란 아주 특별한 인연으로 이루어져요. 남남이던 엄마와 아빠는 결혼으로 가족이 되었고, 나는 엄마와 아빠의 자식으로 태어나(혈연) 가족이 되었지요. 즉 나와 엄마, 아빠는 결혼과 혈연으로 이루어진 가족이에요. 하지만 가족이란 꼭 혈연관계로만 이루어지는 건 아니에요. 낳아 주신 부모가 돌아가셨거나 부모와 함께 살 수 없는 아이를 가족으로 맞는 입양을 통해 가족이 되기도 해요. 또 가족이라고 해서 꼭 엄마,

아빠와 형제자매가 모두 있어야 하는 것도 아니에요. 핏줄로 이어지거나 법적으로 맺어진 관계가 아니라 해도 친형제처럼 지내는 이웃이나 친구를 가족이라 여기기도 해요.

어떻게 가족이 되었느냐보다 더 중요한 것은 서로 아끼고 사랑하는 마음이에요. 가족끼리 관심을 가지지 않고 내버려두거나 서로 미워하고 괴롭힌다면 이들은 진정한 가족이라고 할 수 없을 거예요. 부모 중 한 분이 안 계시든, 부모의 재혼으로 새로운 엄마나 아빠가 생기든, 입양으로 가족이 늘어나든 상관없이 서로 같이 살면서 배려하고 행복할 수 있다면 가족이 될 수 있어요. 서로 아끼고 보살펴 주는 사람들과 함께 사는 것, 어려울 때 내게 힘이 되어 주는 사람들과 함께 사는 것, 세상에 이보다 더 행복한 일은 없을 거예요.

더불어 살아가는 다문화가족

토니네 가족이 한국 사람이면서도 미국에 살고 있는 것처럼 우리나라에도 다른 나라의 국적을 가진 외국인이 많이 살고 있어요. 이들은 관광이나 일을 위해 짧게 머물다 가기도 하지만, 아예 우리나라에서 살기도 하지요. 이들도 결혼을 하고 아이를 낳아 가족을 이루며 살아가고 있어요. 우리나라 사람과 결혼하기도 하고, 또 다른 나라 사람과 결혼하기도 하지요. 이렇게 서로 다른 국적을 가진 사람이 결혼하여 이룬 가족을 다문화가족이라고 해요.

국제결혼과 다른 나라 아이를 입양하는 가정이 늘면서 우리나라에서 다문화가족이 차지하는 비율은 매년 높아지고 있어요. 다문화가족도 우리의 이웃이고 우리나라 사람이에요. 그러므로 다문화가족도 더불어 행복하게 살아갈 수 있도록 관심을 기울이는 게 좋겠지요?

한지붕 대가족

큰집에는 할아버지, 할머니와 큰아버지 가족이 한지붕 아래에서 살고 있어요. 아빠 말로는 요즈음에는 시골에서도 이렇게 함께 사는 가족이 흔하지 않대요.

할아버지와 할머니는 아빠가 세상에서 제일 존경하는 분들이에요. 할머니는 전화 통화를 하고 나서 끊을 때마다 늘 "보고 싶다,

사랑한다."라고 말해요. 큰아버지 가족은 큰아버지와 큰어머니, 그리고 기주 형, 이렇게 세 명이고요, 아홉 살인 기주 형은 나보다 한 살 많을 뿐인데 키가 나보다 한 뼘은 더 커요.

　서울에 사는 작은아버지 가족은 작은아버지와 작은어머니, 여섯 살 미주, 이렇게 세 명이에요. 미주는 웃을 때마다 보조개가 쏙 들어가는 아주 귀여운 아이예요. 작은아버지 가족은 처음에는 큰집과 한동네에서 살았지만 회사 때문에 이사를 한 뒤로는 자주 오지 못한대요.

고모도 도시에서 살고 있어요. 결혼하기 전에는 큰집에서 함께 살았지만 결혼한 뒤에 도시로 나가 고모부와 두 살배기 솔이와 함께 살고 있대요.

큰집에 도착한 뒤부터 나는 줄곧 할머니, 할아버지 옆에 있었어요. 할머니가 내 손을 꼭 잡고 놓지 않았기 때문이에요. 나를 귀여워하기 때문이라는 건 알지만 나는 왠지 어렵고 어색했어요.

"토니가 쑥스러움을 많이 타나 보구나."

가만히 앉아 있는 나를 보며 고모가 말했어요.

"아직 낯설어서 그렇지 얼마나 개구쟁이인데요."

엄마가 손을 내저었어요.

"어머, 토니 새끼손가락 좀 봐. 우리 집 식구 맞네. 우리처럼 휘었잖아."

나를 찬찬히 뜯어보던 고모가 내 손가락을 들여다보며 말했어요.

"어디, 어디?"

고모의 말에 멀찌감치 떨어져 있던 기주 형도 다가와 내 손가락을 들여다보았어요.

"고모, 나도 볼래."

미주까지 모여들어 손가락을 쫙 펴니 정말 모두 오른손 새끼손가락이 안쪽으로 굽어 있었어요.

"와, 정말 꼭 닮았네."

엄마와 아빠 말고도 나랑 닮은 사람들이 있다니 정말 신기했어
요.

"너희, 닮은꼴 찾기 놀이 할래?"

"좋아요."

고모의 말에 기주 형과 미주가 크게 대답했어요.

"토니도 같이 하는 거다."

"네? 네."

조금 당황스럽기는 했지만 왠지 재미있을 것 같았어요.

"난 그림 그리는 거 좋아해."

기주 형이 먼저 말했어요.

"나도 좋아하는데."

"나두나두."

미주도 끼어들었어요.

"난 시금치 싫어해."

이번에는 내가 먼저.

"나도."

"나도 진짜 싫어."

어느새 우리는 닮은꼴 찾기 놀이에 푹 빠져 버렸어요. 알고 보니 우리는 양말을 벗어서 동그랗게 말아 놓는 것도 닮았고, 수학을 싫어하는 것도 닮았고, 고기를 좋아하는 것도 닮아 있었어요. 게다가 기주 형과 나는 야구를 좋아하는 것까지도 똑같았어요.

"우리 닮은 거 무지 많다."

기주 형이 손가락으로 닮은 점을 꼽으며 말했어요.

"가족이니까 그렇지."

미주가 어른스럽게 말하자 가족들이 한바탕 웃음을 터뜨렸어요. 어느새 마음에 가득했던 어색함이 슬며시 밀려났어요.

가족의 형태

가족의 형태는 가족의 수나 세대 등에 따라 나눌 수 있어요.

가족의 수	대가족	소가족
	가족의 수가 많다.	가족의 수가 적다.
가족의 세대	확대가족	핵가족
	– 할아버지와 할머니 세대, 아버지와 어머니 세대, 그리고 자녀 세대 등 3세대 이상이 모여 사는 가정. – 옛날의 가족 형태	– 혼자 생활하는 독신, 부부나 자녀만 사는 1세대, 부부와 결혼하지 않은 자녀가 사는 2세대 가정. – 오늘날의 가족 형태

가족은 왜 닮은 걸까요?

혈연관계로 맺어진 가족들은 신체적으로 닮은 점이 많아요. 생김새가 서로 비슷하거나 혈액형, 피부색 등이 닮기도 하고, 비슷한 병을 앓기도 해요. 노래를 잘하거나 그림을 잘 그리는 등 재주나 성격이 비슷하기도 해요. 이것은 사람의 여러 가지 특징을 결정하는 유전자 가운데 서로 닮은 부분이 있어서 그런 거예요.

가족은 태어날 때부터 닮은 점을 가지고 태어나기도 하지만 살면서 서로 닮아 가기도 해요. 좋아하는 음식, 버릇, 취미, 말투 등은 혈연관계가 아니더라도 함께 오랫동안 살아가다 보면 비슷해지기도 한답니다.

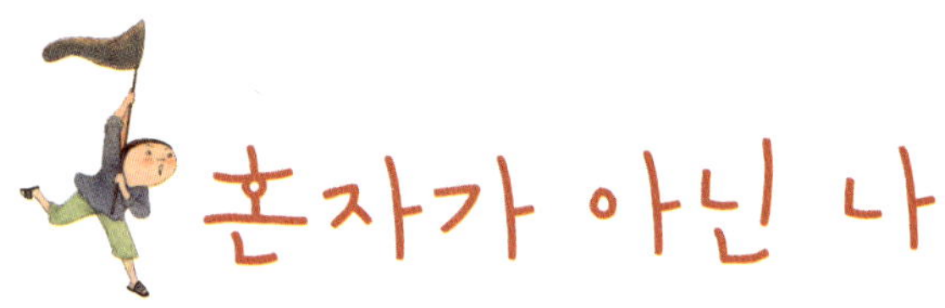# 혼자가 아닌 나

"토니야, 우리 가재 잡으러 가자!"

잠결에 쿡쿡 웃는 소리를 듣고 가만히 눈을 떴어요. 마루에서 설핏 잠이 들었나 봐요. 나는 눈을 비비며 구무럭구무럭 일어났어요.

"토니 오빠, 같이 가자."

미주가 말했어요. 기주 형과 미주가 나를 물끄러미 바라보며 서 있었어요. 기주 형은 뜰채를, 미주는 유리병을 손에 들고 말이에요.

"어딜 가자고?"

"가재 잡으러."

가재? 잠이 확 달아났어요.

"엄마, 가도 돼요?"

나는 전을 부치고 있는 엄마에게 물었어요.

"그래, 형 따라 가서 동네 구경 좀……."

엄마가 말을 마치기도 전에 나는 신발을 신었어요.

"사이좋게 잘 놀다 오너라! 조심하고!"

뛰다시피 걸어 나가는 등 뒤로 큰아버지의 목소리가 꼬리처럼 따라왔어요.

"예!"

우리는 씩씩하게 대답하고 대문을 나섰어요.

기주 형과 나는 신나게 골목길을 달렸어요. 발걸음이 가벼웠어

요. 미주는 세발자전거를 타고 달렸지요. 그 뒤를 방울이가 쫄랑
쫄랑 따라붙었어요.

담벼락을 돌자 큰 나무 아래에 아이들이 모여 공놀이를 하고 있
었어요. 우리가 다가가자 아이들이 앞을 막아섰어요.

"안기주, 어디 가?"

키가 젤로 큰 아이가 물었어요.

"냇가에."

"뭐 하러?"

"가재 잡으러."

기주 형이 대답했어요.

"앤 누구야?"

키가 젤로 큰 아이가 눈짓으로 나를 가리켰어요.

“사촌 동생.”

“아, 미국에서 온다고 자랑했던 그 애?”

기주 형 얼굴이 살짝 붉어졌어요. 기주 형은 마을 아이들에게 내가 온다고 미리 말한 모양이에요.

아이들은 호기심에 가득 찬 눈빛으로 나를 바라보았어요.

“너, 자전거가 영어로 뭔 줄 알아?”

얼굴이 콩처럼 까만 아이가 미주가 탄 자전거를 가리키며 물었어요.

“축구공은?”

이번에는 축구공을 발로 툭툭 차고 있던 아이가 물었어요.

나는 기주 형 뒤에서 고개를 숙이고 발끝만 내려다보았어요.

“왜 대답을 못 하냐? 미국에서 온 거 맞냐?”

“야, 김홍기! 우리 토니가 그런 것
도 모를까 봐?”

기주 형이 한 발짝 앞으로 나서
며 말했어요.

기주 형이 ‘우리 토니’라고 말
할 때 약간 이상한 기분이 들었
어요.

“맞아, 맞아.”

미주도 맞장구를 쳤어요.

“알면 말해 봐. 말해 보라니까.”

아이들이 다그쳤어요.

“됐어. 우리 간다. 토니야, 미주야, 가자!”

기주 형이 내 손을 잡아끌자 우리를 막아섰던 아이들이 반으로 쫙 갈라졌어요.

“쳇, 미국에서 친척 오면 다냐?”

홍기라는 아이가 아랫입술을 내밀며 구시렁거렸어요.

하지만 기주 형은 아랑곳하지 않았어요. 나는 기주 형이 믿음직스러워 형 손을 꼭 잡았어요.

우리는 작은 도랑이 흐르는 다리를 건너 논길을 따라갔어요. 나비가 팔랑팔랑 우리 주변을 날아다녔어요. 방울이가 나비를 잡으려고 팔짝팔짝 뛰어올랐어요.

“오빠, 이 꽃 이름이 뭐게?”

미주가 풀숲에 핀 작은 꽃을 가리키며 물었어요.

“몰라. 뭔데?”

“개망초.”

“뭐, 개망초? 정말 웃긴 이름이다.”

큭큭, 웃음이 절로 나왔어요. 미주도 따라 웃었어요. 귀여운 보조개가 쏙 들어갔어요.

"꼭 달걀 프라이처럼 생겼다. 먹어 볼까?"

"배불리 먹으려면 이만큼은 먹어야 할걸!"

기주 형이 개망초를 양손 가득 움켜 쥐며 나에게 들이댔어요.

"와, 맛있겠다!"

나는 꽃을 따 먹는 시늉을 했어요.

그러자 기주 형이 놀란 듯 손사래를 치며 말했어요.

"아, 안 돼. 농담이야. 먹으면 안 돼."

"하하, 알았어. 그런데 형, 가재는 어디 있어?"

"저어어기까지 가면 돼."

기주 형이 말꼬리를 늘이며 손가락으로 논길 끝을 가리켰어요.

"형, 우리 가재 잡아서 할아버지한테 생신 선물로 드릴까?"

"좋아!"

기주 형이 논길 위를 달려갔어요. 미주도 "야아!" 소리치며 자전거 페달을 힘껏 밟았어요.

"기주 어딜 가니?"

한 아저씨가 소를 몰고 맞은편에서 다가왔어요.

"으아악."

동물을 좋아하긴 하지만 소를 이렇게 가까이에서 보는 건 처음
이었어요. 숨을 푸푸 내쉬는 소가 금방이라도 받아 버릴 것 같아
나는 길섶으로 펄쩍 물러났어요.
　"기주야, 풀이 너무 우거진 데는 가지 마라. 뱀이 나올지도 모
르니까."

아저씨가 웃으며 말했어요.

나는 아저씨가 지나간 뒤에야 다시 기주 형을 쫓아갔어요.

풀숲에서 메뚜기 한 마리가 포르르 날아올랐어요. 개구리 한
마리도 폴짝 튀어 올랐어요.

"개구리다!"

"어디, 어디?"

"잡아라, 잡아!"

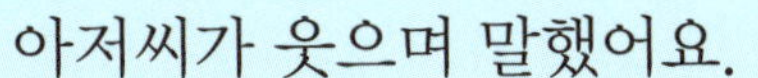

나는 개구리를 쫓아 요리조리 뛰어다녔어요. 그러다 우뚝 멈춰
서고 말았어요. 뱀 한 마리가 풀숲 사이를 스르르스르르 기어가
고 있었어요.

"으윽!"

내가 움찔하며 뒤로 물러서자 뱀도 움직이지 않았어요.

비명 소리를 듣고 기주 형이 달려왔어요. 뒤늦게 달려온 미주
도 새파랗게 질린 얼굴을 했어요.

"혀엉."

목소리가 와들와들 떨렸어요.

"토니야, 괜찮아. 가만히 있어."

"으응."

"겁먹지 말고 가만히 있어. 뱀도 사람 만나면 도망간댔어."

"정말이지?"

나는 울먹이며 말했어요.

"응."

형 말대로 잠시 멈춰 있던 뱀은 금세 다시 풀숲 사이로 미끄러
지듯 사라졌어요.

"됐다."

기주 형이 소리쳤어요.

"흐이잉."

나는 그대로 주저앉아 울음을 터뜨렸어요.

"울지 마. 이제 괜찮아."

기주 형은 주저앉아 있는 나에게 손을 내밀었어요.

"고마워, 형."

찔끔 흘린 눈물을 닦으며 말하자 형이 씨익 웃었어요. 미주도
다시 말간 얼굴로 돌아왔어요.

우리는 뱀 만난 일을 비밀로 하기로 굳게 약속했어요.

그런데 미주가 집에 돌아오자마자 작은어머니한테 말하는 바람

에 들키고 말았어요. 가재도 못 잡고 빈손으로 온 이유를 작은어머니가 물었는데, 미주가 거짓말을 할 수 없어서 말해 버렸던 거예요. 기주 형은 큰아버지에게 아주 조금 야단을 맞았어요. 나도 엄마에게 혼이 났어요. 하지만 자꾸 웃음이 났어요. 가재는 한 마리도 잡지 못했지만 무척 재미있었으니까요.

흐아암, 저녁을 먹고 나니 하품이 나왔어요.

"이제 그만 자려무나."

"싫어, 형이랑 더 놀다 잘래."

"토니가 형이랑 동생을 만나서 좋은가 보구나."

엄마가 웃으며 말했어요.

　나는 늘 형이나 동생이 있는 아이들이 부러웠어요. 미국에는 친구가 별로 없어서 늘 혼자서 그림을 그리거나 자동차 놀이를 했거든요. 혼자 노는 것처럼 재미없는 일은 없었어요. 오늘처럼 셋이서 함께 놀고, 같은 편이 되어 주면 다른 친구들이 하나도 부럽지 않을 것 같아요.

　엄마와 아빠는 거실에서 어른들과 함께 자고, 나는 기주 형 침대에 같이 누웠어요. 비좁았지만 이불 속에서 속닥속닥 이야기 나누는 것도 재미있었어요. 도란도란 나누는 가족들의 이야기 소리를 자장가 삼아 우리는 서서히 꿈나라로 떠났답니다.

친척이란 나와 어떤 사이일까요?

토니에게는 할아버지, 할머니가 있어요. 큰아버지와 큰어머니, 작은아버지와 작은어머니, 고모도 있어요. 외가 쪽으로도 역시 엄마의 부모와 형제자매가 있지요.

토니와 한집에서 같이 살지는 않지만, 부모와 피를 나눈 혈연관계에 있는 사람과 결혼으로 맺어진 사람들, 그리고 입양을 통해 가족 구성원이 된 사람들을 친척 또는 친족이라고 해요. 일반적으로는 친척이라고 하지만 법률상으로는 친족이라고 하지요. 혈연이나 혼인으로 맺어진 사람들은 무척 많아요. 그래서 우리나라는 친족의 범위를 법으로 정해 놓았어요. 친족법으로 정한 친족의 범위는 ①8촌 이내의 혈족, ②4촌 이내의 인척, ③배우자예요.

친가

아버지의 집안으로 아버지 쪽의 친척을 말해요.

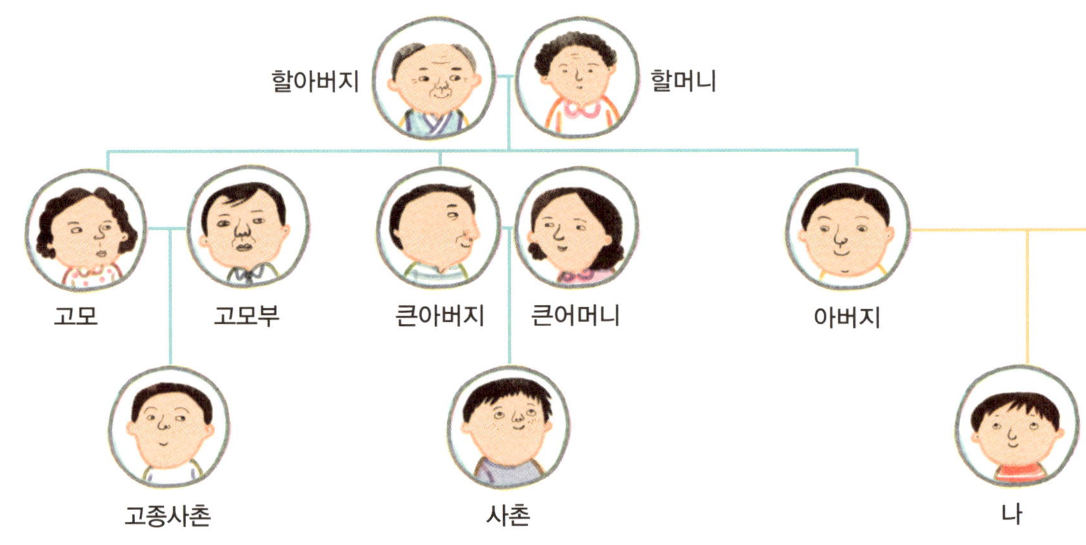

혈족이란 부모나 형제자매, 삼촌처럼 피를 나눈 혈연관계에 있는 사람을 말하며, 인척이란 혼인으로 인해 만들어진 배우자의 혈족이나 혈족의 배우자를 가리켜요. 또 친족은 직계와 방계로 나눌 수 있는데, 직계란 상하로 연결되는 핏줄로 연결된 친족 관계를 말해요. 즉, 할아버지·아버지·자식·손자로 연결되는 것을 말하지요. 그리고 방계는 같은 조상에서 출발하여 옆으로 뻗어 나간 가지에 속하는 친족을 가리키는 말이에요. 나무를 예로 들면, 직계는 세로로 쭉 뻗은 뿌리와 나무의 몸통, 방계는 옆으로 뻗어 나간 나뭇가지라고 할 수 있어요. 그러니까 나의 직계는 부모, 조부모, 자식, 손자가 되고, 나의 방계는 형제, 사촌 형제, 큰아버지, 작은아버지 등이 되지요.

외가

어머니의 집안으로 어머니 쪽의 친척을 외가라고 해요.
그래서 호칭 앞에 '외'자를 붙여 부르지요.

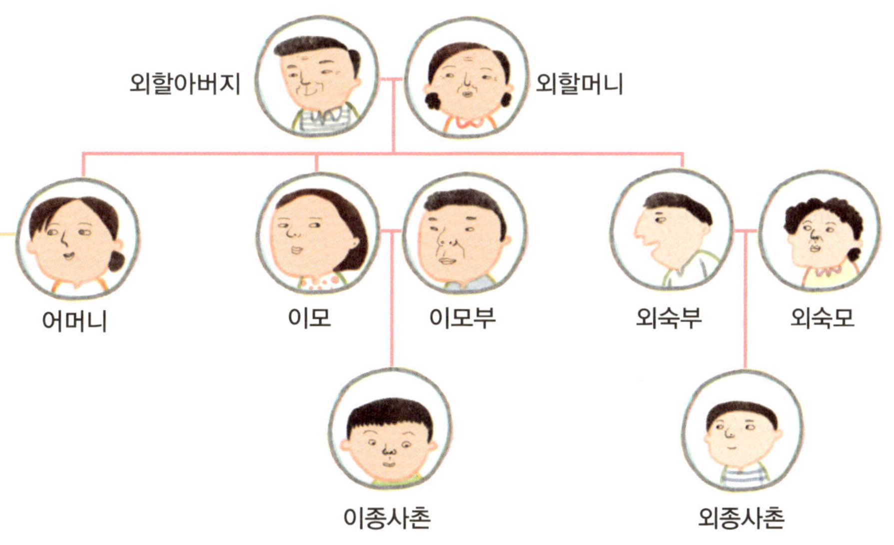

가까운 친척, 먼 친척

다음 날 아침 일찍부터 손님 맞을 준비가 시작되었어요. 할아버지의 생일잔치는 우리 가족뿐 아니라 친척들과 동네 사람들까지 모두 함께하기로 했어요. 그래서 도와주러 온 동네 아주머니, 아저씨들이 바쁘게 왔다 갔다 하며 음식을 차리고, 자리를 정돈했어요. 마당 한쪽에 현수막이 내걸리고 그 아래 자리가 펼쳐지자 자리 위에 큰상이 놓이고, 상 위에 맛있는 음식이 차례차례 높다랗게 쌓였어요. 먹음직스러운 삼단 케이크는 제일 앞에 놓였어요.

"와, 맛있겠다."

나와 미주는 자꾸만 케이크를 쳐다보았어요. 군침이 꼴깍 넘어갔어요.

생일잔치의 주인공인 할아버지와 할머니가 고운 한복으로 차려

입고 나타났어요. 나도 엄마가 준비해 온 옷으로 갈아입었어요.
동수 형은 큰아버지, 큰어머니와 같은 한복을 입었고, 미주와 솔
이는 예쁜 드레스를 입었어요. 가족 모두 저마다 한복이며 양복
이며 곱게 단장하고 나니 정말 멋있었어요.

"자, 준비들 다 됐지? 지금부터 할아버지, 할머니께 절을 올릴
거야. 토니는 처음 하는 거니까 형 잘 보고 따라 해라."

맨 앞에선 큰아버지가 가족들을 뱅 둘러보며 말했어요.

우리는 할아버지와 할머니에게 절을 했어요. 그리고 가족사진
도 찍었지요.

마당엔 어느새 사람들로 가득했어요. 웃음소리, 이야기 나누는
소리로 집안이 들썩였지요. 오랜만에 고향에 온 아빠는 손님들에
게 부지런히 인사를 하고 엄마와 나를 소개했어요. 나는 아빠가
알려 주는 어른들에게 열심히 고개를 숙이며 인사를 했어요.

"내가 누군지 아니? 나는 네 오촌 당숙이다."

"나는 네 당고모란다."

나를 본 사람들은 저마다 한마디씩 하며 알은체를 했어요.

"아빠, 저분들은 누구예요?"

인사를 마친 다음 나는 아빠에게 귀엣말로 물어보았어요.

"친척 어른들이셔."

만수무강하옵소서

"친척이 이렇게 많아요?"

"응. 먼 친척도 있고, 가까운 친척도 있지."

먼 친척, 가까운 친척? 멀리 사는 친척, 가까이 사는 친척이라는 뜻인가? 나는 아리송했지만 아빠가 바빠 자세히 물어보지 못했어요.

"삼촌! 그동안 잘 지내셨어요?"

아빠가 작은아버지보다도 어려 보이는 아저씨의 손을 덥석 잡으며 반갑게 맞았어요.

"아, 조카님! 정말 오랜만이네요. 조카님도 잘 지냈지요?"

아빠가 나이 어린 사람에게 인사를 하고, 높임말을 쓰다니 정말 이상한 일이었어요. 내가 어리둥절한 표정을 짓고 있자 큰아버지가 다가왔어요.

"저분은 나이가 어려도 촌수로 따지면 삼촌뻘이란다. 나이가 어려도 항렬이 높으면 예의를 지켜야 하지."

큰아버지는 나를 바라보며 알아듣겠냐는 듯 눈을 맞추었어요. 하지만 내 머릿속은 점점 복잡해졌어요.

서로, 제대로 불러 보세요!

우리나라는 예부터 친척 모두가 한가족이라는 끈끈한 정이 있었어요. 그래서 친가나 외가에 상관없이 돌잔치나 결혼식, 고희연, 회갑연 등의 가족 행사가 있거나 명절이 되면 함께 모여 친척들과 기쁨을 함께했어요. 이렇게 가족 행사가 있는 날, 평소에는 잘 만나지 못했던 가족과 친척들은 한자리에 모여 정을 나누었어요. 이를 통해 가족이나 집안의 고유한 전통을 계속 이어 나갈 수도 있었답니다.

하지만 오늘날은 대부분 핵가족 형태라 친척들이 모일 기회가 드물어요. 그래서 친척이 누구인지, 또 나와는 어떤 관계가 되는지 모를 때가 많아요. 친척들과 이야기할 때 정확한 호칭을 몰라 잘못 부르는 경우도 있는데, 이것은 잘못된 일이에요.

우리나라는 친척을 부르는 이름이 따로 있어요. 할아버지·증조할아버지·고조할아버지처럼 세대를 구별하여 다르게 부르기도 하고, 나이가 많고 적음에 따라 나이가 많은 사람은 형·누나·오빠, 나이가 적은 사람은 동생으로 다르게 불러요. 또 남성이냐 여성이냐에 따라 오빠나 언니, 형이나 누나처럼 다르게 부르고, 아버지의 어머니는 할머니, 어머니의 어머니는 외할머니라고 부르는 것처럼 아버지 쪽의 친척과 어머니 쪽의 친척을 다르게 불러요.

올바른 호칭을 익혀 이제부터라도 반가운 친척을 제대로 불러 보세요.

삼촌과 이모가 왜 이렇게 많을까요?

　요즈음엔 호칭을 제대로 부르지 않는 경우가 많은데 예를 들어, 엄마의 자매뿐 아니라 친구들까지 모두 이모로 부르는 것이 그 한 예예요. 하지만 이것은 엄마의 친구들을 편하게 부르는 이름일 뿐 친족 관계에 있는 진짜 이모는 아니에요.

　또 호칭을 촌수와 구분하지 않고 쓰는 경우도 있는데, 가장 흔한 예가 바로 삼촌이에요. 삼촌은 자신과 조카의 관계로, 아버지의 남자 형제 외에 고모도 삼촌 관계예요. 따라서 삼촌은 숙부, 백부, 혹은 작은아버지, 큰아버지로 불러야 맞는 표현이에요. 하지만 이미 삼촌이라는 표현이 너무 익숙해져 있어 아버지의 미혼 형제에 대한 호칭으로 인정받고 있어요.

특별한 생일 잔치, 회갑연

　예순한 살 생일은 '회갑'이라고 부르는 특별한 생일이에요. '돌아올 환(還)'자를 써 '환갑'이라고도 하는데, 자기가 태어난 해로 돌아왔다는 뜻이지요. 수명이 짧았던 옛날에는 회갑을 맞이하기가 쉽지 않았기 때문에 회갑을 맞는 걸 큰 복으로 여겼어요. 그래서 회갑을 기념해 잔치를 벌였는데 이를 회갑연 또는 환갑잔치라고 불러요. 이때는 여러 가지 음식을 높이 고여서 담아 크고 화려한 상을 마련하는데, 이것을 '큰상'이라고 해요. 그리고 자손들은 깨끗한 옷으로 차려입고 회갑을 맞이한 어른께 큰절을 올리지요.

　평균 수명이 늘어나 오래 사는 사람이 많아진 오늘날에는 회갑연 때 잔치를 베풀기보다는 여행을 하거나 가족끼리 모여 축하하는 경우가 더 많답니다.

처음 만난 가족 이야기

왁자지껄한 잔치가 모두 끝나고 밤이 되었어요. 하늘에는 두둥실 보름달이 걸렸어요. 가족들은 마루에 동그랗게 모여 앉아 잔치 이야기를 나누었어요.

"아버지, 오늘 즐거우셨어요?"

아빠가 할아버지를 보며 말했어요.

"그렇다마다. 이런 날 아니면 우리가 언제 또 이렇게 모두 모일 수 있겠느냐. 너희는 얼굴 보는 게 뭐 그리 대단한 일이냐고 생각할지도 모르지만 우리에게 그것보다 좋은 선물은 없단다."

할아버지는 할머니와 마주 보며 흐뭇한 표정을 지었어요.

할아버지의 말에 어른들은 말없이 고개를 끄덕였어요.

"참, 할아버지! 오촌 당숙이 뭐예요? 당고모는요?"

신안한약

나는 낮에 있었던 일이 떠올라 할아버지에게 물어보았어요.

"오호라, 우리 토니가 오늘 무척 헷갈렸겠구나."

"네. 촌수나 항렬이란 말도 모르겠고요."

"아버지, 저도 누군지 모르는 친척들도 있더라고요."

아빠도 거들었어요.

"그럴 게다. 오랜만에 연락이 닿아서 온 친척도 있으니까."

할아버지는 이야기를 하다 말고 큰 종이를 가져와서는 그 위에 그림을 그렸어요. 할아버지, 할머니에서 시작된 그림은 쭉쭉 가지를 뻗어 솔이에서 끝났지요.

"이건 가계도라고 하는 거다. 어떠냐, 우리 가족이 한눈에 보이지? 그런데 여기서 끝나는 게 아니다. 할아버지, 할머니에게는 또 각각 형제가 있고, 위로는 또 무수히 많은 조상들이 있으니까 말이야."

할아버지는 옆으로도 가지를 뻗어 나가더니 사람들 이름 밑에 숫자를 써넣었어요. 비슷한 이름을 가진 가족들의 이름이 주렁주렁 매달린 가계도는 마치 나무 같았어요.

"할아버지, 이 숫자는 뭐예요?"

숫자를 가리키며 내가 물었어요.

"친척과 내가 얼마나 가깝고 먼 사이인지 나타내는 숫자란다.

이걸 촌수라고 하는데, 숫자가 적을수록 가까운 사이지.”

“그럼 할아버지랑 저랑은 일촌이에요?”

“음, 여기 나무의 몸통처럼 뻗어 나간 직계혈족은 촌수를 따지기보다 1대, 2대처럼 ‘대’로 표현하는데 굳이 따지자면 일촌이라고 할 수 있지.”

할아버지는 가계도를 짚으며 우리가 궁금해했던 것을 하나하나 알려 주었어요. 그래서 나는 할아버지와 내가 몇 촌인지, 기주 형과 미주가 왜 나와 사촌이며 당숙은 왜 오촌인지, 당고모가 나와

어떤 사이인지도 알게 되었어요. 촌수를 알고 나니 멀게 느껴졌
던 친척들이 조금은 가까워진 느낌이었어요.

"궁금증이 이제 좀 풀렸니?"

할아버지가 내 눈을 들여다보며 말했어요.

"네, 할아버지. 그런데 우리 조상들은 어떤 분들이었어요?"

내 질문은 꼬리에 꼬리를 물고 이어졌어요.

"그럼 이번엔 우리 조상님들에 대해 알아볼까?"

"네."

"그럼 우리 족보를 보면서 얘기해 주마."

"족보가 뭐예요?"

할아버지는 대답 대신 큰아버지에게 말했어요.

"우리 족보 좀 꺼내 오너라."

할아버지가 말하자 큰아버지가 거실 책장에서 아주아주 두꺼운
책을 꺼내 와 우리 앞에 척 내려놓았어요. 까맣고 두꺼운 표지로
덮인 그 책은 마치 마법사의 책처럼 보였지요.

"이게 바로 우리 집안의 족보란다. 족보는 한 집안의 역사이자
보물 같은 거야. 우리 집안이 언제부터 시작됐는지 기록되어
있거든."

할아버지는 족보를 펼치며 우리 집안의 역사에 대해 찬찬히 들

려주었어요.

"먼 옛날 고려 시대 때의 이야기란다. 그때는 말이다……."

나와 기주 형은 잠도 잊은 채 할아버지의 이야기 속으로 빨려 들어갔어요.

"우리 집안에는 대대로 훌륭한 조상님들이 많았단다. 조선 시대에는 정삼품 벼슬에 올라 임금님을 도와 바른 정치를 펼쳤던 조상님도 계셨고, 높은 관직에 올랐는데도 평생을 청렴결백하게 살았던 조상님도 계셨지. 또 나라에 가뭄이 들어 고을 백성들이 굶주릴 때 양식을 나눠 백성들을 구한 분도 계셨단다."

할아버지의 이야기는 흥미진진했어요.

"이뿐이 아니야. 병든 부모를 지극 정성으로 모셔 나라에서 상을 받은 조상님도 계셨고, 일본에게 나라를 빼앗겼을 때 독립 운동을 위해 애쓰다 목숨을 잃은 조상님도 계셨단다."

"할아버지, 그림을 잘 그린 조상님도 계셨을까요?"

나는 갑자기 궁금해졌어요.

"그렇고 말고. 훌륭한 문장이나 그림으로 이름을 떨친 분도 계셨지. 네 아빠나 네가 그림 잘 그리는 것도 다 조상님에게서 재주를 물려받은 덕분일 게다."

"와, 정말요?"

할아버지의 이야기를 듣고 나니 지금껏 한 번도 생각해 본 적 없던 조상들의 모습이 머릿속에 그려졌어요. 조상 중에 이렇게 훌륭한 분이 많았다니, 왠지 으쓱한 기분도 들었어요.

“이 족보에는 토니도 올라 있다. 물론 기주, 미주도 있지.”

할아버지가 족보를 뒤쪽으로 넘기며 말했어요.

“저도요?”

“그럼.”

“어디, 어디요?”

나는 마치 신기한 물건을 본 것처럼 눈을 반짝이며 할아버지가 가리키는 곳을 보았어요.

그런데 토니라는 이름 대신 ‘안우주’라는 이름이 엄마, 아빠의 이름 밑에 한자와 한글로 적혀 있었어요.

“어, 제 이름은 없네요. 안우주가 누구예요?”

“네 부모가 토니라는 이름을 짓긴 했다만 족보에는 토니라는 이름 대신 돌림자를 써서 올린 거지.”

“그럼 토니도 제 이름이고, 우주도 제 이름이에요?”

“그렇단다.”

“와, 나는 이름이 두 개네.”

나는 부자가 된 것 같았어요. 이름은 대개 하나만 가지잖아요.

“어머, 족보에 이름 오른 건 저도 처음 봐요.”

엄마 눈도 반짝 빛났어요.

잠들기 전 엄마는 외가에 대한 이야기를 들려주었어요. 이번에

는 만나지 못하지만 외가 친척들도 곧 만나게 될 거예요. 그땐 외
사촌 동생들을 잘 대해 줄 거예요. 기주 형이 나에게 해 주었던
것처럼 말이에요.

그날 밤, 나는 꿈을 꾸었어요. 우리 집안을 빛내는 멋진 위인이
되는 꿈이었답니다.

할아버지의 아주 특별한 선물

　사흘 뒤 우리 가족은 보스턴으로 돌아가는 비행기에 올랐어요. 비행기는 요란한 소리를 내며 곧게 뻗은 활주로를 힘차게 달렸어요. 그러더니 어느 순간 공중으로 떠올라 하얀 구름 위로 올라갔어요. 하얀 구름을 보니 모운마을의 산허리에 걸려 있던 뭉게구름이 떠올랐어요. 그리고 그동안의 즐거웠던 기억들이 뭉게뭉게 구름처럼 피어올랐어요.

　며칠 동안 함께 놀고 함께 웃고 함께 잤던 기주 형, "오빠! 오

빠!” 하며 나를 졸졸 따라다녔던 미주, 그리고 늘 우리 옆에 있었
던 방울이. 헤어지던 날을 생각하니 코끝이 찡해졌어요.

우리 가족이 모두 모인 것이 가장 좋은 선물이라며 행복해 하시
던 할아버지. 어쩌면 할아버지의 특별한 생일에 할아버지는 선물
을 받으신 게 아니라 나에게 아주 특별한 선물을 주신 것 같아요.

알쏭달쏭 촌수 바로 알기

토니의 아빠가 자신보다 어린 사람에게 삼촌이라고 불렀던 것은 토니 아빠의 촌수가 그 사람보다 더 낮기 때문이에요. 그런데 만약 촌수를 모른다면 어떨까요? 예의가 제대로 지켜지지 않을 거예요. 그러므로 친척을 제대로 부르려면 우선 촌수부터 알아야 해요.

촌수란 원래 '손의 마디'라는 뜻으로 친척 사이의 멀고 가까운 정도를 나타낸 수예요. 즉 나와 얼마나 가까운 사이인지를 3촌, 6촌 등의 수로 표시하는데, 촌수를 통해 친척 간의 서열을 매길 수 있고, 나보다 웃어른인지 아랫사람인지를 알 수 있어요. 나와 촌수가 낮을수록 가까운 친척이고, 높을수록 먼 친척이지요. 우리나라에서는 촌수에 따라 예절을 지켜야 하므로 촌수를 아는 것은 매우 중요해요.

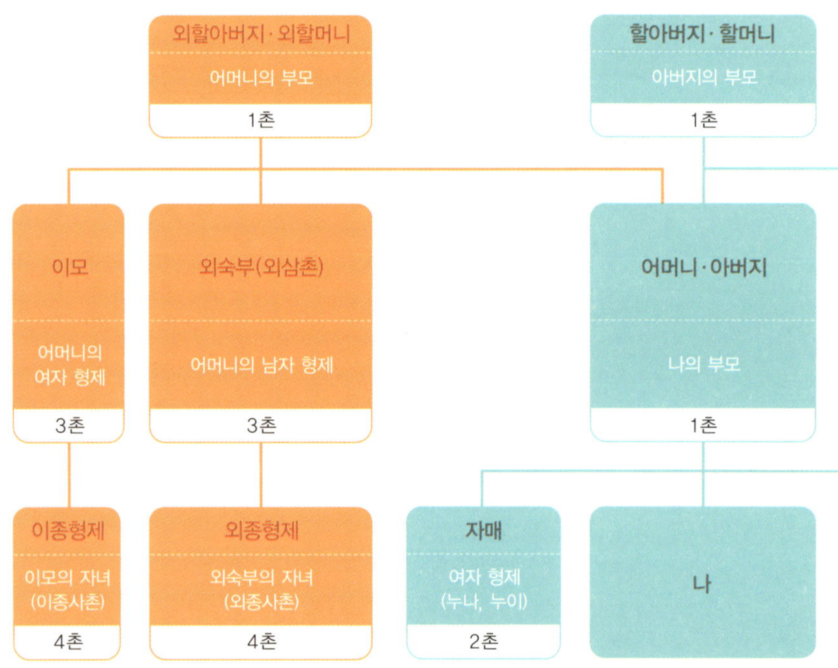

촌수는 기본적으로 부모와 자식 사이의 관계를 한 마디(1촌)로 간주해 계산해요. 나와 형제자매는 나와 부모 사이의 1촌과 부모와 형제자매 사이의 1촌을 합한 2촌이에요. 반면, 부부는 촌수가 없어요. 무촌이지요. 혈연관계가 아니기 때문이에요.

나와 친척의 촌수를 알려면 우선 부모나 할아버지가 같은 직계를 찾은 다음, 방계 쪽으로 촌수를 더해 가면 돼요. 모든 직계혈족은 촌수를 따지기보다 '대'의 관계로 보는데 굳이 따지자면 1촌 사이예요(나와 아버지 1촌, 나와 할아버지도 1촌). 하지만 촌수를 계산할 때는 윗대로 갈수록 임의로 1촌씩 더해 합산해요. 즉 부모는 1, 할아버지는 2, 증조할아버지는 3, 고조할아버지는 4를 더하는 것이지요.

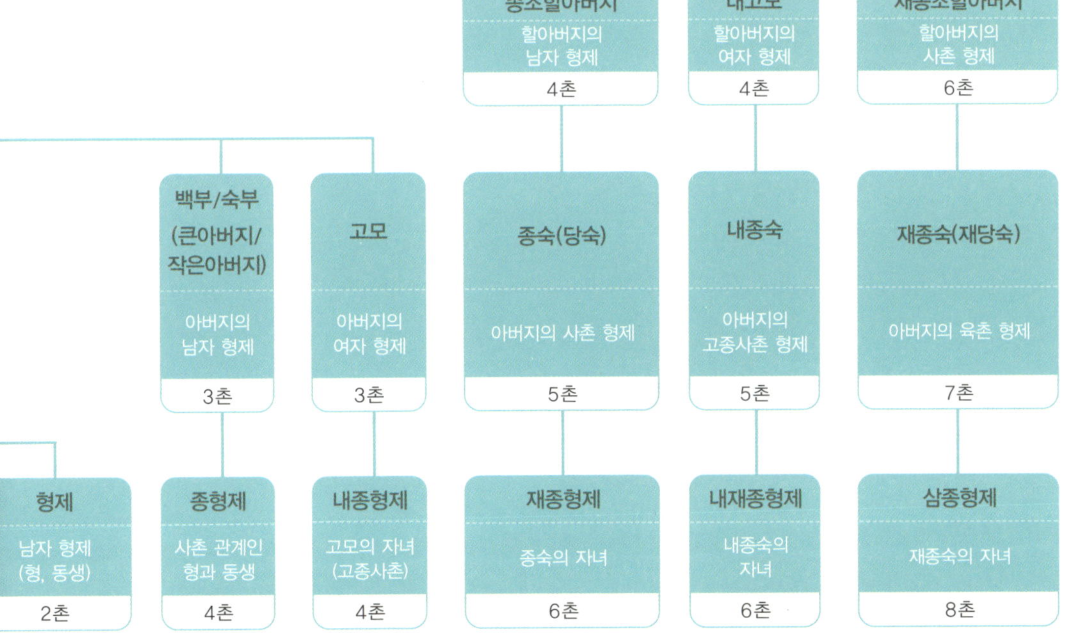

가족의 지도, 가계도

가계도란 가족 관계를 그림으로 나타낸 것을 말해요. 가계도는 대개 커다란 나무줄기에서 가지가 갈라져 뻗어 나오는 모양인데, 결혼을 하거나 아기가 태어나면 새로운 가지가 생겨요. 마치 한 그루의 나무와 같은 모양이 되지요. 그래서 '가족 나무'라고도 해요.

가계도에는 집안 사람들이 모두 나와 있어서 가족의 구조를 한눈에 꿰뚫을 수 있고, 사람들 사이의 관계를 한눈에 알 수 있어요. 또한 내가 가족 사이에서 어떤 위치인지 알 수 있답니다.

족보와 항렬

　족보란 아버지를 중심으로, 한 집안의 역사를 기록한 책이에요. 시조를 중심으로 후손들의 혈연관계와 가문의 뿌리와 역사, 그리고 훌륭한 인물 등에 대한 기록이 담겨 있지요. 또한 가문 내에서 갈라져 새로운 집안 뿌리가 생겨난 경우에도 그 내용을 기록해 놓았어요. 자신의 뿌리를 안다는 것은 가족의 삶과 역사를 아는 것이에요. 뿌리를 찾는다는 것은 자기 자신을 좀 더 잘 알 수 있게 되는 것이랍니다.

　족보를 들여다보면 각 세대마다 일정한 순서에 따라 이름에 같은 글자를 사용하고 있음을 알 수 있어요. 형제들은 형제들대로, 아버지의 형제나 할아버지의 형제는 각각 이름 속에 같은 글자를 가지고 있지요. 이렇게 이름에 쓰이는 같은 글자를 항렬자, 돌림자라고 불러요. 돌림자를 보고 사람들은 조상으로부터 몇 세손인지 알고, 어느 가문의 어느 세대인지를 알 수 있었어요. 집안에 따라서는 항렬을 나이에 우선해 나이에 관계없이 항렬이 높은 사람에게는 윗사람 대접하고, 항렬이 낮은 사람에게는 말을 놓기도 하지요.

　오늘날에는 이름을 지을 때 돌림자를 사용하지 않거나 한글로 이름 짓는 경우가 많아지면서 항렬을 따지는 예가 점점 줄어들고 있답니다.

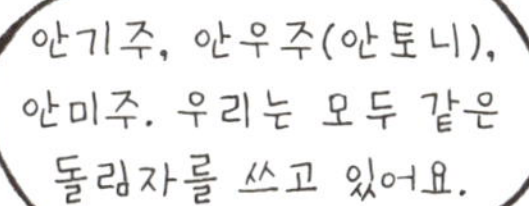